Friederike's Welt

Für meine Friederike.

@2010 Michael Cutui- Baetu

Layout: Maren Eilers

ISBN 9783842343238

Herstellung und Verlag:

Books on Demand GmbH Norderstedt

ASTAZI E ZIUA TA
ZI FRUMOASA CA TINE
::::::::::::::::::::::::::::::::
DRAGA MEA SOTIE
Pentru mine e ca în versurile de mai sus
și sper din suflet să imbătrânim împreună.
Cu timpul vom deveni tot mai curioși.
Vom fi tot mai greu de înțeles.
Dar, dacă încercăm să facem din
ÎNȚELEGERE
ARTA DE A TRĂI
și din
DRAGOSTEA NOASTRĂ
ARTA DE A IUBI
Vom avea și în partea a treia
a vieții noastre, clipe frumoase.
Nimeni nu e perfect
Nici măcar TU sau EU
Să înveți să trăiești cu greșelile
omului pe care îl iubești,
este mai greu decît să trăiești
cu propriile tale greșeli.
Și de asta sunt așa de mulți oameni
SINGURI la BĂTRÎNEȚE

Cu drag Relu

5

Gezeiten des Lebens

Mit Herz und Seele bist dabei
Alles was war ist jetzt vorbei
Die guten und die schlechten Zeiten
Gezeiten kann man nicht vermeiden.

Die Sterne blinken dort am Himmel
So wie vor hundert Jahre immer,
Und wen Sie fragst, Wieso? Warum?
Sie bleiben immer, kalt und stumm.

Und große Leute, kleine Leute
Blicken nach oben, und auch heute
Sie glauben fest an ihrem Glück,
Der Sterneschwarm stirbt ja, Stück für Stück.

Das Schicksal ist ja nur ein Spiel,
Unendlichkeit hilft da nicht viel
Und jedes Jahr, ob heut, ob morgen
Verbirgt in sich Freude und Sorgen.

Der Mut zu leben und zu träumen
Das ist was man nicht muss versäumen.
Und ob Du jung bist, oder alt,
Dein Glückstern gibt dir stets den halt.

Drumul Vieții

Privește-n urmă, vei vedea
Pe drumul tău, poate o stea
Și alte multe stele mici
De împliniri, dorinți și frici

Să mergi în viață drumul tău
De unul singur, tare-i greu
Iar bucuria ne-mpărțită
E ca o casă nesfințită

De ai cu cine împărții
Necazuri, gânduri bucurii
E totul altfel, mai frumos
Și soarele-i mai luminos.

Viitorul nu îl poți vedea
Dar oare cine asta-r vrea
În urma ta rămâne, zău
Lumina sufletului tău

Clepsidra

Nisipul se scurge încet în clepsidră,
Nemărginirea ar vrea s-o cuprindă.
Omul privește, ar vrea să se mintă
Clipa din zbor, încearcă s-o prindă.

Clipa rară de fericire
Clipa măreață de împlinire
Clipa divină de iubire
Clipa dorinței de nemurire

O clipă, doar atât, o clipă
Să o închidă într-o criptă
Și s-o păstreze acolo-n veci
În cripta cu pereții reci.

Clipa rară de fericire
Clipa măreață de împlinire
Clipa divină de iubire
Clipa dorinței de nemurire

Nisipul s-a scurs de-acum în clepsidră
Nemărginirea tot n-a putut s-o cuprindă.
Omul privește, nu vrea să mai mintă
Clipa trecută, nu va putea s-o mai prindă.

Clipa rară de fericire
Clipa măreață de împlinire
Clipa divină de iubire
Clipa dorinței de nemurire

Trăiește-ți clipa făr-a uita,
Trecutul nu-l poți reînvia.
Timpul se scurge fără revers
Chiar dacă vrei, să-l prinzi într-un vers.

Zeithalm

Unendlichkeit, will man verstehen
Den Zeithalm, nur ein wenig mähe
Das Universum, muss man reihen
Den lieben Gott, ein bisschen leihen

Die Träume sollen sich erfüllen
Im Tal der hunderttausend Mühlen
Der Segen soll von Himmel fallen
Die Lebensmühlen nicht mehr mahlen.

Der Wohlstand fließt jetzt auf der Straße
Uneingeschränkt von Ort und Rasse
Die Lüfte duften nach Verständnis
Und keiner sitzt mehr in Gefängnis

Die Uhr verbreitet schrille Töne
Und Du wachst auf, hast ja zwei Söhne
Das Träumen ist nun jetzt vorbei,
Der Alltag kommt sehr schnell herbei.

Im Leben nur träumen, heißt nichts zu
bewirken
Von Quellen des Lebens, niemals zu
trinken
Unendlichkeit, kann man vielleicht
verstehen
Aber ein Zeithalm, kann man niemals
mähen!

Destin

Trei reguli viaţa asta are
Ce le respectă mic sau mare
Indiferent de rang, de-onoare
Apare, creşte şi-apoi moare.

Se naşte, sigur doar o dată
Indiferent că-i făt, sau fată
Şi-atunci când ciclul s-a sfârşit
O ia încet spre infinit.

Iar între cele două praguri
E viaţa, cu-ale ei meleaguri
Pe care mult vei rătăci
Până ce calea-o vei găsi.

Treci prin câmpii, cu flori şi iubire
Prăpăstii adânci, de chin şi mâhnire
Dealuri domoale, pline de pace
Râuri furioase, în care ura zace.

În vârf de munte extenuat
Priveşti în jos, cât ai urcat.
Şi-a treia lege o-nţelegi
Destinul nu poţi să-l alegi.

Iubire

Iubire este un cuvânt
Cu mii de sensuri, luat de vânt
Şi -oriunde oameni vor trăi
Acest cuvânt îl vor rosti.

Spus cu pasiune, spus cu foc
Cuvântul va produce-un şoc
Şi sensul vieţii-l va schimba
Doar dacă-i spus cu inima.

Dar o iubire adevărată
E doar aceea de durată
Ce nu se frânge ca nuiaua
Când greul vieţii bate şaua

Acesta e cuvântul mare
Ce-n lumea asta seamăn n-are.
Te suie-n cer, tearuncă-n iad
Te poartă beat pe mări de jad.

Îţi rupe inima în două
O coase şi-ţi dă una nouă.
Pe cel ce n-a rostit cuvântul
Şi a iubit numai argintul
Degeaba l-a ţinut pământul.

Trec anii

Acum treizeci și trei de ani
ne-am luat.
Și zău că,
nu a fost păcat
Căci pentru lume
am creat,
Ce Mântuitorul
ne-a învățat
Doi oameni buni
La fel ca noi
Ce vor crea poate eroi.
Bogați am fost doar în IUBIRE
Dar asta e o MÎNTUIRE.

Ursulețul în Rhodos

Ursulețul scumpulețul
Care bea pe vinulețul
Și vorbește prostioare
Căci picioarele-s ușoare

Încălțată-n sandăluțe
Cu șireturi, cam scumpuțe
Și pe cap cu-o pălăriuță
Zău că tare e drăguță

Dimineața suculețul
Apoi roade mărulețul
Pe plajă sub umbreluță
Cu dres galben ca-o fătuță

Aqua trening cu plutuța
Se dă-n valuri uța, uța.
După masă somnulețul
Și-apoi joacă Yamsulețul

„Self made" i-este portulețul
Și de-argint e lănțulețul
Seara-n Rhodos pe străduță
Mândră e ca o puicuță

În final e bărulețul
Cafeaua sau suculețul
O așteaptă pătulețul
Somn ușor, drag Ursulețul.

Das Wunder

Die wahre Liebe hat uns verbunden
Vor vielen Jahren, wie ein Wunder
Sie heilte alle Selenwunden
Der Geist war wieder frei und munter.

Die Jugend ist wie im Traum geflogen
Mit kleinen und auch großen Sorgen
Und Gute Zeiten, Schlechte Zeiten
Das Stichwort hieß zusammenhalten

Das Leben hat sein Lauf genommen
Und wir sind kräftig mit geschwommen
Die Kleinen Jungs sind hoch gezogen
Und aus dem Nest jetzt weggeflogen.

Die Reife kommt uns gut zu stehen
Die Zukunft ist doch schwer zu sehen
Und wenn es geht drüber und drunter
Was sicher bleibt das ist das Wunder

Mosaik

Das Leben ist ein Mosaik
und jedes Jahr ein bunter Stein.
In jedem gibt es Freude und Glück
und Schicksal der schlägt oft zurück.
Das Endbild wird doch immer sein
ein Menschendasein ganz allein.

Gedanken zur Hochzeit
für Sabine und Christian

Es dauert schon seit langer Zeit
Diese schöne Zweisamkeit
Es war ja Sommer und Gewitter
Mal süß wie Honig mal auch bitter

Zusammen Leben ist nicht leicht
Und ist auch nicht jeder bereit
Versuchen heißt das Zauberwort
Es ist nicht wichtig Zeit und Ort

Von Fehlern lernen und vergeben
Nicht nur zu nehmen, auch zu geben
Ab heute ist das Ich ein Wir
Gehört nun alles Uns nicht Mir

Die Ehe ist bestimmt kein Spiel
Mahl war ich dort, jetzt bin ich hier.
Es ist ein Bündnis für das Leben
Glück ist das Ziel, wonach wir streben

Ein Haus baut man ja Stein auf Stein
Gedichte baut man Reim mit Reim
Die Ehe baut man Schritt für Schritt
Auf Ewigkeit hofft man damit

Es geben auch gewisse Regeln
Die streng zu folgen ist kein Segen
Verstand und Herz schützen von Sorgen
Der Mittelweg ist zu verfolgen

Im Recht zu sein glaubt immer einer
Gepachtet hat im ja doch keiner
Mit Wut und Streit, Recht zu erlangen
Bringt Risse die nicht mehr verheilen

Man lebe nicht nur schöne Stunden
Und Seelenflüsse frei von Sünden.
Es gibt auch Gipfeln wie man sagt
Wo Mut und Stärke sind gefragt.

Die zu erklimmen ist die Kunst
Dann fühlt man was bedeutet Uns
Durch „Dick und Dünn" zusammen gehen
Ist das Geheimnis langer Ehen.

Und wenn nach viele, viele Jahre
Zählst nicht das Geld, sondern das Wahre
Und deine Seele ist zufrieden
Lehre auch andere dies zu schmieden.

Urare

Să vă dea Domnul casă de piatră
Cu multă iubire și foc în vatră
Norocul veșnic să vă'nsoțească
Nevoi și griji să vă ocolească

Speranța să fie albastrul zării
Iar împlinirea ca valul mării
Necazul să n-aibă loc în tindă
Departe de casă să se întindă.

Soare în suflet și în gândire
Să fie a voastră moștenire
Legați să fiți doar prin iubire
Pe lungul drum spre fericire.

Să beți din cupa vieții, nectarul
Fără să știți ce e amarul
Iar după ani și ani de zile
Să spuneți, nouă ne-a fost bine !

Casa fericirii

O rază de soare,
un zâmbet de copil,
la voi a poposit.

Venit-a pe-o cărare
printr-un lan fertil,
copilul cel mult dorit.

Să umple casa,
Să sfințească masa,
Să dea vieții un sens
În al lumii consens.

SELBST(GE)STÄNDIG
für Adrian

Das Leben fängt jetzt wirklich an
Die Jahre fliegen du wirst Mann!
Wir hoffen du hast Mut und Glück,
Den „Schicksal" schlägt ja oft zurück.
Und jedes Ziel ist nur ein Stein
Um zu erreichen ....dein „DASEIN".

Ein Schritt
für Christian

Die Marke DREISSIG ist bestanden
So geht's im Leben immer weiter
Gesundheit Glück statt Pech und Leiden
Das Spektrum wird ja immer breiter
Und Rinde, Pferde oder Schweine
Auch Hunde Katzen und dergleichen
Sie wollen alle nur das eine
Hoch sollst du leben und Sie heilen.

Ein Herr
für Stefan

Der Stefi ist noch immer fit
Verbraucht ja nur normaler Sprit.
Das Bier, das schmeckt so gut im Garten
Und helft Tomaten zu vermarkten.
Die Main Post weiß wem Sie da hat
Den Quitter Stefan schwingt das Blatt.
Und Jahre hin und Jahre her
Der Stefi ist und bleibt ein Herr.

Themen Variationen

Gedanken
Reinhold

Siebzig Jahre sind jetzt vorbei
Und ich war immer stets dabei.
Gedanken kommen, Gedanken gehen
Den Lebensfluß kann man jetzt sehen.

Mit Erde, war ich eng verbunden
In guten und in schlechten Stunden
Die gab mir Kraft und Lebensfreude
Es war so immer, und auch heute.

Das ist schon so, seit langer Zeit
Diese ganz enge Zweisamkeit
Im Sommer, ja auch bei Gewitter,
Im Winter dann war's bisschen bitter.

Die Arbeit war nicht immer leicht
Der Acker ist ja lang und breit
Erfahrung ist das Zauberwort
Es ist sehr wichtig Zeit und Ort

Ein Haus baut man ja Stein auf Stein
Gedichte baut man Reim mit Reim
Ein Garten baut man Schritt für Schritt
Und hat man stets Freude damit

Die Reife kommt mir gut zu stehen
Was morgen wird, ist schwer zu sehen
Auch wenn es geht drunter und drüber
Ich bleibe immer fit, und munter.

Und wenn nach viele, viele Jahre
Zählst nicht das Geld, sondern das Wahre
Und deine Seele ist zufrieden
Lerne auch andere dies zu schmieden.

Gedanken
für Petra

Viele Jahre sind jetzt vorbei
Und du warst immer stets dabei.
Gedanken kommen, Gedanken gehen
Den Lebensfluß kann man jetzt sehen.

Mit dem Titan, warst eng verbunden
In guten und in schlechten Stunden
Er gab dir Kraft und Lebensfreude
Es war so immer, und auch heute.

Das ist schon so, seit langer Zeit
Diese ganz enge Zweisamkeit
Im Sommer, ja auch bei Gewitter,
Im Winter dann war's bisschen bitter.

Die Arbeit war nicht immer leicht
Die Firma ist ja lang und breit
Erfahrung ist das Zauberwort
Und es ist wichtig Zeit und Ort.

Ein Haus baut man ja Stein auf Stein
Gedichte baut man Reim mit Reim
Prothesen baut man Schritt für Schritt
Und hat man stets Freude damit

Die Reife kommt dir gut zu stehen
Was morgen wird, ist schwer zu sehen
Auch wenn es geht drunter und drüber
Bleib Du ja immer, fit und munter.

Und wenn nach viele, viele Jahre
Zählst nicht das Geld, sondern das Wahre
Und deine Seele ist zufrieden
Lerne auch andere dies zu schmieden.

Der „Vierziger" Club
für Christine

Mit vierzig wirst du endlich reif
Dein Lebenswissen nicht mehr steif.
Dein Hobby gilt nicht mehr dem „Hecht"
Obwohl das ist dein gutes Recht.
Und wenn die Lehrman`s es nicht schaffen
Hast keinen Grund um nicht zu schlaffen
Was soll's? Du hast jetzt dein Verein
Den „Vierziger", nobel und fein.
Heute ein Neuling, das ist klar.
Zehn Jahre Mietglied, das ist wahr.
Die Regeln sind noch nicht so streng
Der Spielraum ist noch nicht so eng
Es gibt für nichts total verbot
Gesundheitlich stehst nicht auf rot
Cholesterin, ob gut, ob schlecht,
Diese Probleme sind nicht echt.
Genieß das Leben in den Club.
Und gehe bitte nicht zum Pub!
Willkommen in diesen Verein.
Mit Standort am Ufer vom Main.

Der „Fünfziger" Club
für Bernd

Mit Fünfzig wirst du endlich reif
Dein Lebenswissen nicht mehr steif.
Dein Hobby gilt nicht mehr dem Khan
Obwohl er ist ein guter Mann.
Und wenn die Bayern es nicht schaffen
Und machen sich erneut zum Affen
Was soll's? Du hast jetzt dein Verein
Den „Fünfziger", nobel und fein.
Heute ein Neuling, das ist klar.
Zehn Jahre Mietglied, das ist wahr.
Genieß das Leben in den Club.
Und gehe bitte nicht zum Pub!
Die neuen Regeln sind sehr streng
Der Kreislauf ist ein wenig eng
Cholesterin, ob gut, ob schlecht,
Im Teich, bist Du, nicht mehr der Hecht.
Willkommen in unserem Verein.
Mit Standort am zwischen Rein und Main.

Der „Neunziger" Club
für Herr Scherer

Mit neunzig wirst du endlich reif
Dein Lebenswissen nicht mehr steif.
Und wenn Politiker's nicht schaffen
Und machen sich erneut zum Affen
Was soll's? Du hast jetzt dein Verein
Den „Neunziger", nobel und fein.
Die neuen Regeln sind sehr streng
Der Kreislauf ist ein wenig eng
Für Stress, ab jetzt total verbot
Auch wenn die Ampel steht auf rot
Cholesterin, ob gut, ob schlecht,
Diese Probleme sind jetzt echt.
Willkommen in diesen Verein.
Mit Standort zwischen Rhein und Main.